Gabriela

Por Lisa Mullarkey
Ilustrado por Paula Franco

Calico

An Imprint of Magic Wagon
abdopublishing.com

To Megan Gunderson: Your advice is ALWAYS spot on. Thanks! —LM
To my dear grandmother, who taught me to love books. —PF

A Megan Gunderson: Tus consejos SIEMPRE aciertan. ¡Gracias! —LM
A mi querida abuela, que me enseñó a amar los libros. —PF

abdopublishing.com

Published by Magic Wagon, a division of ABDO, PO Box 398166, Minneapolis, Minnesota 55439. Copyright © 2017 by Abdo Consulting Group, Inc. International copyrights reserved in all countries.

Printed in the United States of America, North Mankato, Minnesota.
112016
012017

 **THIS BOOK CONTAINS RECYCLED MATERIALS**

Written by Lisa Mullarkey
Illustrated by Paula Franco
Edited by Heidi M.D. Elston, Megan M. Gunderson & Bridget O'Brien
Designed by Jillian O'Brien
Art Direction by Candice Keimig

Publisher's Cataloging in Publication Data

Names: Mullarkey, Lisa, author. | Franco, Paula, illustrator.
Title: Gabriela / by Lisa Mullarkey ; illustrated by Paula Franco.
Other titles: Gabriela. Spanish
Description: Minneapolis, MN : Magic Wagon, 2017. | Series: Chicas poni
Summary: When Kianna, youngest of the Pony Girls, is frightened by stories that Bigfoot may be living close to Storm Cliff Stables, fellow Pony Girl Gabriela sets out to discover the truth, and expose the trickster.
Identifiers: LCCN 2016955295 | ISBN 9781614796237 (lib. bdg.) |
    ISBN 9781614796435 (ebook)
Subjects: LCSH: Riding schools--Juvenile fiction. | Sasquatch--Juvenile fiction. | Practical jokes--Juvenile fiction. | Horses--Juvenile fiction. | Spanish language materials--Juvenile fiction.
Classification: DDC [Fic]--dc23
LC record available at http://lccn.loc.gov/2016955295

Índice

Capítulo 1	♥	El regreso de Bigfoot	♥ 4
Capítulo 2	♥	Un mensaje oculto	♥ 14
Capítulo 3	♥	Bocazas	♥ 26
Capítulo 4	♥	A través del lago	♥ 38
Capítulo 5	♥	Recopilando pruebas	♥ 48
Capítulo 6	♥	La Cantina Verde	♥ 59
Capítulo 7	♥	Una caballeriza revuelta	♥ 68
Capítulo 8	♥	La pieza que faltaba	♥ 82
Capítulo 9	♥	Misterio resuelto	♥ 91
Capítulo 10	♥	No más bromas	♥ 102

Capítulo 1
El regreso de Bigfoot

Carly se dejó caer en el banco. Empezó a echarse ketchup sobre sus huevos revueltos.

—¿Qué estás leyendo?

Cerré mi libro.

—*El regreso de Bigfoot* —Estiré mis brazos por encima de mi cabeza y bostecé—. Anoche estuve a punto de terminarlo, pero mi linterna se quedó sin pilas.

Dani, mi prima, me devolvió el bostezo.

—Seguro que lees un montón de libros.

Es verdad. Leer es uno de mis pasatiempos favoritos. Si no estoy montando a caballo, casi seguro que estoy leyendo un libro. Cada noche, después del toque de queda, me deslizo debajo de la manta y enciendo mi linterna. Mi madre siempre me manda libros y pilas en los paquetes que me envía.

—¿Por qué obtienes tantos libros? —preguntó Kianna.

—Porque me *encanta* leer —le dije—. Lo cual es algo bueno, porque nuestro rancho está perdido en medio de la nada. La biblioteca está a una hora de distancia, así que me compro libros por Internet.

—En Costa Rica, la Abuela tampoco vive cerca de una biblioteca —dijo Dani—. Convenció a una tendera para que mantuviera libros en el almacén. Ahora, la gente del pueblo toma prestados los libros de la tienda.

Dani es muy afortunada, visita a nuestra abuela en Costa Rica con frecuencia.

—Me gustaría que pudiéramos hacer aquí lo mismo —dije—. Así las chicas, en vez de venir a nuestro cuarto a pedir libros prestados, podrían ir a la Cantina Verde.

—Cóbrale un dólar a todo el que quiera leer tus libros, Gabriela —dijo Carly, cogiendo *El regreso de Bigfoot*—. Te harías rica.

Volví a bostezar y extendí mi mano.

—¡Me deberías como quince dólares!

Carly dejó caer el libro rápidamente y soltó una risita.

Dani, Carly, Kianna y yo somos las Chicas Poni. Lo que significa que este es nuestro primer año de campamento aquí, en los Establos Storm Cliff. Es un campamento de verano para chicas que aman los caballos.

Carly me apuntó con el dedo.

—No te vayas a quedar dormida durante la lección de Bree.

Bree es una de las campistas de doce años. Durante el invierno, se cayó de su caballo y se lesionó el hombro. No ha vuelto a montar nunca más. En vez de ello, ayuda a tía Jane a cuidar de los caballos y los demás animales.

La tía Jane es la propietaria de Storm Cliff. No es nuestra verdadera tía. Solo que todos la llamamos así.

Ser una Chica Poni significa que también eres una rata de establo. La tía Jane dice que es uno de los trabajos más importantes que tiene una Chica Poni. Una rata de establo pasa su tiempo en los establos y ayuda a cuidar de los caballos. Bree nos ha enseñado cómo cepillarlos y limpiarles los cascos.

—Si te duermes —dijo Carly—, tendremos que limpiar el establo de Duke por ti.

—No me quedaré dormida —le dije—. Pero si lo hiciera, Bigfoot podría limpiar mi parte del establo.

Carly y Dani se echaron a reír. Pero a Kianna no le hizo gracia. Se mordió el labio.

—Bigfoot suena aterrador.

Esha, la amiga de Bree, se dio la vuelta en su banco. Se estaba comiendo el resto de una tarta de frutas directamente del molde.

—¿Quién suena aterrador?

Kianna señaló hacia el libro.

—Mi madre no me deja leer libros espantosos.

Sostuve el libro.

—Bigfoot no existe, Kianna.

Dio un sorbo a su zumo.

—¿Me lo prometes?

Me puse la mano en mi corazón:

—¡Te lo prometo!

Esha lamió el molde metálico de la tarta hasta dejarlo limpio.

—No la creas, Kianna. Bigfoot existe. Su verdadero nombre es Sasquatch. Es mitad oso, mitad humano. Tiene unos pies y unas garras enormes. Sus garras son tan afiladas que podrían cortar la herradura de Queenie por la mitad.

Queenie es un caballo Morgan de color bayo. Es el caballo que monta Esha.

—En mi libro, Bigfoot visita un campamento de verano —le dije. Es la secuela de *Bigfoot en el parque*.

Kianna se puso de pie.

—¿Un campamento de verano? ¿Como los Establos Storm Cliff? —Su rostro palideció —. No quiero seguir hablando de Bigfoot.

—No te lo reprocho —dijo Esha, mientras hacía girar el plato de tarta con su dedo—. Especialmente después de lo que me contó mi padre.

Los ojos de Kianna se agrandaron.

—¿Qué te contó?

—Deja de asustarla —le dije y me volví hacia Kianna—. En mi

libro, Bigfoot come s'mores* con los campistas.

—Tu libro es pura ficción. Es una historia inventada —dijo Esha—. En la vida real, Bigfoot no es nada amistoso. No come s'mores.

—¿Y qué es lo que come? —preguntó Dani.

—No es tanto *qué* quiere comer —dijo Esha—. Sino más bien, a *quién*.

Kianna rasgó su servilleta en pequeños trocitos.

—¿Entonces a quién quiere comerse?

Esha sonrió con satisfacción y se frotó las manos.

—¡A las Chicas Poni!

* s'mores = sandwich de chocolate y malvavisco entre dos galletas Graham

Capítulo 2
Un mensaje oculto

Todas dieron un grito.

Entonces me eché a reír.

—Muy gracioso, Esha.

Ella sacudió la cabeza.

—No es ninguna broma. Estoy diciendo la verdad —agarró bruscamente el libro que estaba sobre la mesa—. ¿Me lo prestas?

—Claro —le dije—, cuando Dani termine de leérselo.

Esha pareció decepcionada. Sacó un puñado de pipas de su bolsillo y se las echó a la boca.

—Te puedo prestar *Bigfoot en el parque* si quieres —le dije.

Esha partió la cáscara de una pipa entre sus dientes.

—¡Perfecto! Me pasaré por él más tarde —lanzó el envase vacío de la tarta al cubo de la basura—. ¿Has dicho que iban a limpiar los establos? ¿Hoy?

Asentí con la cabeza.

—En veinte minutos.

—¡Que se diviertan! —Esha sonrió mientras se alejaba del Pabellón.

—(♥)—

Cuando llegamos a los establos, Bree estaba sacando a Queenie por la puerta.

—Justo a tiempo. Los demás caballos ya están fuera pastando. Voy a sacar a Queenie y después empezaremos.

Acaricié la nariz de Queenie.

—¿Quieres un terrón de azúcar, Queenie?

Queenie mostró su alegría y movió la cabeza arriba y abajo.

—Es el caballo más inteligente que conozco —dije.

—Y el más afortunado —dijo Carly—. ¡Ha conseguido comer terrones de azúcar para desayunar!

Bree regresó en un abrir y cerrar de ojos.

—Limpiar los establos es la mejor forma de mantener a sus caballos saludables. Tía Jane siempre dice: Cuanto más limpio esté el establo, más sano estará el caballo.

Carly soltó un gemido.

—Será divertido —dijo Bree.

—No me vendría mal un poco de diversión —dijo Kianna—. Esha no para de hablar sobre un monstruo.

Bree frunció el ceño.

—¡Storm Cliff es una zona libre de monstruos!

—¿Me lo prometes? —dijo Kianna.

—Te lo prometo — respondió Bree.

Señaló hacia las herramientas.

—Para limpiar el establo, van a necesitar una horca, una carretilla, heno y paja limpios, un eliminador de olores y una pala.

Miró su reloj.

—Se tardan unos veinte minutos en limpiar cada caballeriza. ¡Y Layla lo hace en diez!

Layla es nuestra supervisora.

—A tía Jane le gusta que se limpien dos veces al día. Así que cuando sean más mayores —nos dijo Bree—, limpiarán la caballeriza de sus caballos después de montarlos. Avery, Esha y Jaelyn los limpian todos los días.

Todas ellas son compañeras de litera de Bree.

Bree agarró una manguera larga de color gris.

—Primero, tienen que quitar las tinas de comida y los cubos de agua.

Nos pusimos a ayudarla y, a rastras, sacamos todo hacia el pasillo central.

—Después, usen una horca para quitar todo el estiércol y el aserrín sucio. La paja limpia caerá a través de los dientes de la horca, mientras que el estiércol se quedará arriba. Pueden usar una pala si quieren.

Cuando tenía su horca completamente llena de estiércol, la transportaba hasta la carretilla.

—Una vez hayan quitado todo el estiércol, aparten con la pala el resto de la paja limpia hacia un lado. Vuelvan a utilizarla.

Esparció una lata de Tinkle Sprinkle por todo el suelo a su alrededor.

—Usen esto en las zonas húmedas para evitar el olor a orina.

Carly agitó su mano delante de su nariz.

—Queenie debe orinar un montón, ¡porque aquí apesta!

A Dani y Kianna les dio un ataque de risa.

—Después —dijo Bree—, añadan una nueva cama de aserrín.

Empujó una segunda carretilla hacia el interior. Estaba llena de paja.

—Vuélquenla y repártanla por todas partes. Asegúrense de que la paja tenga el grosor suficiente para que el caballo esté cómodo —señaló hacia la puerta—. Tenemos montones de paja ahí fuera.

—Parece bastante fácil —dijo Carly.

Bree asintió.

—Es solo que toma su tiempo hacerlo todo bien. Si no eliminan todo el estiércol y la orina, las pezuñas de los caballos podrían infectarse.

Bree volvió a meter las tinas dentro.

—Es importante que tenga paja y agua fresca. Queenie es muy lista. Si el agua está sucia o no es todo lo fresca que debiera, golpeará la tina con su hocico.

Bree giró una palanca y llenó el cubo.

—¿Creen que ya están listas para intentarlo?

—Me pido primera —dije.

—Yo segunda —continuó Dani.

—Yo tercera —dijo Carly.

Pero Kianna no dijo: «Y yo cuarta». En vez de ello, lanzó una mirada de reojo al interior del compartimento de Sunburst.

—¿Tengo que entrar ahí dentro yo sola?

—Pareces asustada —dijo Carly—. Solo es estiércol apestoso.

Kianna se mordió el labio.

—No es eso. Es que no puedo dejar de pensar en ... ya saben ... Bigfoot.

—¿Bigfoot? —dijo Bree, mientras se le ponían los ojos en blanco—: ¿Es ese el monstruo del que te habló Esha?

Asentimos con la cabeza.

—A Esha le encantan las historias de miedo —dijo Bree—. Solo debes recordar que esto es una zona libre de monstruos.

Kianna dejó escapar un suspiro de alivio. Y luego se metió dentro del compartimento de Sunburst.

Todo iba bien hasta que pasaron cinco minutos.

¡Kianna lanzó un grito!

—¡Lo sabía! Es real —dijo Kianna—. ¡Ha estado aquí!

Corrimos hacia el compartimento de Sunburst.

—¿Quién es real? —preguntó Bree.

Kianna apuntó hacia la paja que había en el suelo:

—¡Mira ahí debajo! —Kianna dio unos pasos hacia atrás—, y lo verán.

—¿Qué es lo que veré? —pregunté—. Solo veo cáscaras de pipas.

Agarré la horca de las manos de Kianna y rastrillé la paja. Carly se quedó sin aliento. Dani solo atinaba a señalar con el dedo, boquiabierta.

Bree se agachó y leyó el mensaje garabateado en el suelo.

—«BF estuvo aquí» —Parecía confundida—. ¿Quién es BF?

—Bigfoot —dijo Kianna. Y se echó a llorar.

Capítulo 3
Bocazas

—No seas llorona —le dijo Carly.

Kianna se secó los ojos.

—¡No soy una llorona!

Pero seguía llorando. Y temblando.
Bree suspiró:

—Alguien usó tiza para escribir este mensaje.

—¿Alguien? —dijo Kianna—: ¡fue Bigfoot!

—Bigfoot no existe —le dije—. Además, dudo mucho que los

monstruos sepan leer y escribir. No tiene ningún sentido.

Dani pasó agachada por debajo de la puerta del compartimento.

—Entonces, ¿cómo explicas esto? Es una mata de pelo enganchada en la bisagra.

—¿Es pelo de Sunburst? —pregunté.

—No —respondió Bree—. Es de un color diferente. Y el pelo de los caballos no tiene este aspecto.

Se mordió el labio inferior.

—No tenemos ningún animal con este color entre rojo y naranja tan extraño.

Bree y yo nos miramos a los ojos.

—No es real, ¿verdad, Bree?

Pero, por primera vez, no estaba tan segura de mí misma.

— (♥) —

A la hora de la cena, todo el mundo hablaba del mensaje y del pelo.

—Te lo dije —dijo Esha, mientras se sentaba entre Kianna y yo—. No quise contártelo antes, pero, antes de venir aquí, mi padre me contó que había habido avistamientos de Bigfoot en la zona.

—Está bromeando —le dije.

Esha me fulminó con la mirada:

—¿No te preguntas por qué tía Jane nunca nos deja ir al otro lado del lago? Mi padre dice que es porque Bigfoot vive allí.

Esha continuó:

—Papá dice que si no molestamos a Bigfoot, probablemente él tampoco nos moleste a nosotras.

La voz de Kianna sonó temblorosa:

—¿Qué pasará si le molestamos sin querer?

Esha sonrió con superioridad.

—Como ya te dije, te comerá sin dudarlo.

Avery y Jaelyn se echaron a reír. Pero Bree pasó el brazo alrededor de Kianna.

—Deja de asustarlas —le dijo—. Solo son unas niñas pequeñas.

Carly le dio un golpe a Bree en el hombro.

—No somos pequeñas. Ni estamos asustadas.

Tía Jane venía hacia nosotras. Esha murmuró:

—No mencionen a Bigfoot en su presencia. Si la gente se enterara de que Bigfoot vive por aquí, se vería obligada a cerrar los Establos Storm Cliff.

—No quiero irme de aquí —dijo Carly—. No hasta que monte a Sapphire.

—Entonces no digas ni una palabra de Bigfoot —dijo Esha—. ¿Entendido?

Todas estuvimos de acuerdo. Incluso Kianna.

—Chicas, ha habido un cambio de planes —dijo tía Jane. Miró a

Kianna—. ¿Qué te sucede, Pequeña Miss Sunshine? Pareces triste.

Kianna bajó la mirada.

—Solo estoy cansada.

Esha le dio unas palmaditas en la espalda.

—Vamos a ir a la playa —dijo tía Jane—. Allí haremos nuestra fogata de campamento.

—¿De verdad? —dijo Esha—. ¿Junto al agua?

En cuanto tía Jane hizo un gesto afirmativo, Esha salió disparada como un rayo.

Tía Jane encogió los hombros.

—Les espero allí en diez minutos.

Para cuando llegamos a la playa, el sol ya se ocultaba detrás de los árboles. No obstante, aún había la suficiente luz para ver la otra orilla del lago.

Tía Jane hizo señas para que todas nos sentáramos.

—Les agradezco su comprensión esta noche, chicas. Ayer mismo instalamos este hoyo para la fogata. Normalmente lo preparamos para las reuniones de supervisores, pero también lo usaremos para las ocasiones especiales.

Layla avivó el fuego mientras ella y las demás supervisoras vitoreaban y gritaban.

—Trabajan muy duro y se merecen un poco de descanso y diversión —dijo tía Jane. Respiró profundamente—. Solo admiren este paisaje. El agua está a unos pocos metros, ¡y esta vista a través del lago!, ¿no les parece espectacular?

Levantó su mirada hacia el cielo.

—¡Imaginen cómo se verá dentro de una hora con todas las estrellas brillando!

Nuestra primera fogata de campamento en la playa fue espectacular. Capturamos luciérnagas, hicimos rebotar piedras sobre el agua del lago, participamos en representaciones y cantamos canciones. Cuando llegó la hora de los s'mores, fui en busca de las Pony Girls.

Dani estaba junto a las tabletas de chocolate ajustándose las horquillas de mariposa en el pelo. Avery llevaba a Carly a caballito.

Cuando localicé a Kianna, se estaba llenando la boca con un malvavisco. Después de insertar un par de ellos en su palo, me vio y agitó la mano para saludarme. Pero justo cuando le iba a devolver el saludo, dejó caer su palo. Entonces, apuntó con el dedo hacia la otra orilla del lago.

Me acerqué hasta ella.

—¿Qué pasa? Parece que hubieras visto un fantasma.

—¡Peor! ¡Bigfoot! —susurró.

Seguí con la mirada hacia el lugar donde señalaba el dedo de Kianna al otro lado del lago.

—¿Lo ves? —preguntó.

Dani y Carly se acercaron corriendo.

—¡Es Bigfoot! —dijo Kianna—. ¡Al otro lado del lago!

—Shhh —le dije—. Que no te oiga tía Jane.

Cuando entorné los ojos, lo vi. Justo debajo de un árbol, una criatura peluda se daba golpes en el pecho. ¿Podía ser un gorila? ¿Un oso? Corrió a lo largo de la orilla del agua. Cuando llegó donde se divide la arena, vaciló. Entonces lanzó un rugido como un león antes de darse la vuelta y salir corriendo hacia los árboles.

Kianna dejó escapar un grito espeluznante.

De repente dejé de preocuparme por Bigfoot. Y en vez de ello, ¡empecé a preocuparme por la enorme bocaza de Kianna!

Capítulo 4
A través del lago

—¿Qué te sucede, Kianna? —preguntó tía Jane—. ¿Estás herida?

Contuve la respiración. *Por favor, que no se te escape. ¡El campamento no puede cerrar!*

—Creí haber visto un ... un ... un oso —consiguió balbucear. Sujetó con fuerza mi mano y me atrajo hacia ella—. Era grande. Y tenía un aspecto amenazador.

—No tenemos osos por aquí, Kianna —tía Jane oteó el lago—. Hay tantas sombras por allí fuera, chicas. Creo que tu mente te ha jugado una mala pasada.

Kianna negó con la cabeza.

—He visto algo. De verdad. Algo grande. Estaba en la otra orilla.

Tía Jane le guiñó un ojo.

—Creo que tienes una gran imaginación.

Miró su reloj.

—Se está haciendo tarde. Campistas, aquí termina la velada. Creo que ya hemos tenido bastantes emociones para una noche. Vayamos a descansar un poco.

—No creo que pueda dormir —dijo Kianna.

—Claro que podrás —le respondió tía Jane—. Te sentirás mejor por la mañana. Pero, si lo prefieres, les acompañaré de vuelta a su cabaña, Pony Girls.

Rodeamos su cintura con nuestros brazos en un gran abrazo de grupo.

—♡—

Cuando Kianna se metió en su litera, tía Jane la arropó con la colcha.

En ese momento, alguien abrió nuestra puerta.

Era Jaelyn.

—¿Puedo tomar prestado tu libro sobre fósiles, Gabriela?

Lo cogí del escritorio.

—El capítulo diez habla de los tipos de fósiles que puedes encontrar por esta zona.

Sacó un libro que llevaba bajo el brazo.

—Avery ha terminado este. Dice que te dé las gracias.

Justo en ese momento, Esha irrumpió en la puerta y soltó un libro encima del escritorio.

—Tenías razón, Gabriela. *Bigfoot en el parque* ha sido muy divertido.

Kianna soltó un gemido cuando Esha dijo *Bigfoot*.

Cogí el libro. Estaba empapado.

—¿Por qué están mojadas algunas páginas?

—Lo siento —dijo Esha. Se inclinó y susurró tan bajito que apenas podía oírla—: se me cayó al lavabo mientras me cepillaba los dientes. Ponlo mañana al sol.

Tía Jane parecía confusa.

—¿Es que todo el mundo viene por aquí y te pide prestados tus libros?

—No todo el mundo —le dije—. A veces soy yo la que les pide libros prestados.

—Avery le prestó sus revistas de *Caballo y jinete* —confirmó Jaelyn—. Y yo le presté a Avery mis libros *El regreso de Belleza Negra* y *Cómo aprender a dibujar animales*.

Dani se sentó en su litera.

—Y yo tomé prestado *La telaraña de Carlota* de una de las chicas de la Cabaña 16.

Un brillo asomó a los ojos de la tía Jane.

—Me parece maravilloso que todo el mundo comparta.

Ojeó los libros que había encima de nuestro escritorio

—Tienen una colección realmente impresionante. ¡Podrían abrir su propia librería!

¡Esta es mi oportunidad!

—Algunas chicas los cogen cuando yo no estoy aquí. Si otra persona quiere leer el libro, básicamente tengo que rebuscar por todas las cabañas para averiguar quién lo tomó prestado. Es un quebradero de cabeza.

—Pídeles que escriban sus nombres en una hoja de papel —sugirió tía Jane—. ¿Crees que eso te ayudaría a mantener un registro de los libros?

—Puede ser. Pero todas nos prestamos los libros entre nosotras. Sería fantástico que solo tuviéramos una única hoja de papel —le dije—. Un lugar donde guardar todos los libros. Yo me preguntaba si nos permitiría crear una pequeña biblioteca en los Establos Storm Cliff.

La tía Jane levantó las cejas.

—Dani dice que la biblioteca de la Abuela, en Costa Rica, está en una pequeña tienda en la misma calle

donde vive. ¿Cree que podríamos poner nuestros libros en la Cantina Verde?

Una sonrisa iluminó la cara de la tía Jane.

—¡Me encanta la idea! Tengo algunos libros que podría donar para las supervisoras.

Di saltos de alegría y choqué los cinco con la tía Jane.

—Tengo algunos libros de arte que me gustaría compartir —dijo Jaelyn—. Y una biografía de Claude Monet.

Se dio una palmada en la frente.

—¡Casi se me olvidó! También tengo dos libros geniales sobre cómo cabalgar por el campo.

—Perfecto —dijo tía Jane—. Le pediré a la señora Matthews que vacíe algunos estantes de la tienda. La Cantina Verde es el lugar perfecto para instalar la biblioteca.

La tía Jane cruzó los brazos y nos miró fijamente:

—Pero serán ustedes, Pony Girls, las responsables de ordenar los libros y del correcto funcionamiento del sistema de préstamos. ¿Creen que podrán trabajar juntas para conseguirlo?

—¡Claro que sí! —dije yo—. ¡La Biblioteca de los Establos Storm Cliff estará lista en menos que canta un gallo! Las Pony Girls pueden hacer el trabajo. ¡Nada podrá detenernos!

Kianna se giró hacia mí y susurró de forma que solo yo pudiera oírla:

—Excepto Bigfoot.

Antes del desayuno, Esha se pasó por nuestra cabaña.

—Así que ahora ya me creen, ¿no, Pony Girls?

Kianna asintió con la cabeza.

—Vi a Bigfoot.

—Allí había algo —dije yo—. Pero Bigfoot no existe.

—¿Qué pasaría si hubiera alguna prueba? —dijo Esha—. Rememos al otro lado del lago y busquemos alguna pista.

Kianna frunció el ceño.

Dani dio un salto.

—Si no tuviera clase, iría. ¡A lo mejor podría descubrir una nueva especie de mariposas!

Carly frunció el ceño.

—Si allí hubiera mariposas, podrían venir volando hasta aquí. No está tan lejos.

Dani levantó la naricilla ofendida.

—Nunca se sabe, Bigfoot también está allí pero no está aquí, ¿no?

Carly se encogió de hombros.

—Tal vez tengas razón.

—No importa quién tenga razón —dije—. No nos permiten ir a esa playa. Y no seré yo quien rompa las reglas.

—Si nos quedamos dentro de la barca, no estaremos rompiendo ninguna regla —dijo Esha—. Y es posible que aún podamos ver algunas huellas.

Kianna juntó sus manos.

—Por favor, ve, Gabriela. Tengo que saber la verdad.

—De acuerdo —le dije—. Pero no nos bajaremos de la barca, ¿entendido?

—Entendido —respondió Esha.

Fuimos corriendo hacia la playa y arrastramos una barca de remos hasta el borde del agua.

—Yo remaré —dijo Carly.

Esha suspiró.

—Siéntate, yo remaré.

Después cogió los chalecos salvavidas de la proa de la barca, y nos lanzó uno a cada una de nosotras.

—Me siento como un astronauta —dijo Carly, ajustándose los cierres del chaleco salvavidas.

—Yo me siento como una exploradora. ¡O como una cazadora de monstruos! —dije yo.

—Recuerden —dijo Esha—. Mucho cuidado con hacer zozobrar la barca. Volver a subirse a una barca que ha volcado es una pesadilla.

Esha empujó la barca y se subió a bordo. Nos deslizamos alejándonos de la costa.

—Esto es divertido —dijo Carly. Miró por encima del borde de la barca—. ¡Puedo ver el fondo del lago!

Pero un minuto después, ya no se veía nada más que agua turbia.

Carly se mordisqueó el labio.

—¿Qué profundidad tiene?

—Es lo bastante profundo —dijo Esha. Sacó un par de binoculares—. No hay tanta zona de playa por esa parte. Es más pequeña que la de nuestro lado.

Unos minutos después, estábamos cerca del borde del agua. Me puse de pie, pero mantuve el equilibrio de forma que no volcáramos.

El aire parecía más frío en esta parte y el olor de los pinos era más fuerte. Los ruidos de animales e insectos llenaban el aire.

—No puedo ver nada desde aquí.

—Podríamos acercar la barca a la playa —dijo Esha—. Si no vemos huellas de pisadas, nos volvemos enseguida.

—De ninguna manera —dije—. Nos meteremos en problemas.

Pero a Carly no le importaba.

—No seas un bebé. ¿Quién nos va a ver? —dijo mientras tiraba de mí para que me sentara—. Piensa en Kianna.

—De acuerdo —le dije—. Solo un minuto.

Después de unos pocos golpes de remos, sentimos cómo el fondo de la barca raspaba la arena. Esha saltó fuera y se metió hasta las rodillas en el agua. Tiró de la barca hasta la orilla.

Carly salió la primera.

—Miren las piedras y las rocas que hay por aquí. No hay mucha arena.

Tenía razón.

—Menos mal que el campamento está en el otro lado del lago —dije.

Una rana saltó a nuestro lado mientras atábamos la barca para que no se alejara flotando sin nosotras.

Esha apuntó hacia la izquierda.

—Allí es donde vieron a Bigfoot. Vayamos a buscar huellas.

La seguimos hasta que Carly se detuvo.

—Este es el lugar exacto donde lo vimos.

Esha hinchó las mejillas.

—Tenías razón, ¡miren!

Delante de nosotras había unas huellas. Unas huellas grandes y profundas. Nos dejamos caer de rodillas.

—¡Son enormes! —dijo Carly—. ¿Son de un oso?

—Son demasiado grandes —dije.

La parte posterior de cada huella era perfectamente redonda. ¡Medían casi un pie de ancho! De la parte superior salían cinco marcas de dedos o garras. Las huellas tenían forma casi de corazón.

Carly volvió a hablar con voz entrecortada:

—¡Parecen huellas de dinosaurio! ¡Sí, eso es!

Debía estar bromeando.

—Los dinosaurios se extinguieron hace más de 60 millones de años —les dije.

Carly se rascó la cabeza.

—¿Tal vez sean huellas de elefante?

—¡Creo que más bien huellas de *Bigfoot*! —exclamó Esha.

Seguimos las huellas que se dirigían hacia un sendero. Se detenían justo en el borde del bosque.

—¿Son pipas eso que hay en el suelo? —pregunté.

Esha echó tierra sobre ellas con el pie.

—Nah. Solo son piedrecitas.

Echamos un vistazo hacia el interior del bosque.

—Está oscuro —dije—. Demasiado oscuro. No pienso entrar ahí.

—Yo tampoco pienso entrar —dijo Carly.

Esha deslizó su mano hacia abajo por el tronco de un árbol.

—No tenemos que hacerlo. La prueba está justo aquí.

Talladas en el tronco había tres palabras: «BF estuvo aquí».

Capítulo 6
La Cantina Verde

—Cuéntenme, ¿qué es lo que vieron? —nos preguntó Kianna cuando regresamos.

—Vimos huellas —respondió Carly—. Eran *enormes*. Y escribió «BF estuvo aquí» en el tronco de un árbol.

¡Los ojos de Kianna se hicieron tan grandes como las huellas!

—¡Lo sabía! ¡*Era* Bigfoot!

Intenté que Kianna se calmara.

—Solo porque viéramos unas huellas y un «BF estuvo aquí» no significa que sea Bigfoot. Fuera lo que fuera, ya no estaba allí. Estamos seguras aquí.

Pero yo ya no estaba tan segura. Algo estuvo allí. Y si algo estuvo allí, podría fácilmente cruzar hasta aquí.

Cambié de tema.

—¿Quieren ir a la Cantina Verde? Podemos montar nuestra biblioteca. Será divertido.

Carly negó con la cabeza.

—Tengo que encontrar a Dani y contárselo. Tal vez quiera que vayamos a remar hasta allí.

—No puedes ir en una barca de remos sin una de las campistas mayores —le dije—. Y si todo el mundo empieza a remar hacia allí, nos pillarán.

Sacudí mi dedo en el aire.

—Y sabes lo que nos pasará si nos pillan.

Carly puso los ojos en blanco.

—Tendremos que contárselo todo a tía Jane. Y entonces ella se verá obligada a cerrar los Establos Storm Cliff.

—Y eso sería algo terrible —dije.

Pero Kianna no estaba tan segura.

—Que cierren el campamento es mejor que ser comidas por Bigfoot, ¿no te parece? Vamos a decírselo a tía Jane. Ella no querría que ninguna de las Pony Girls saliera herida.

—Hasta que no estemos totalmente seguras, no contaremos nada —dije—.

Si volvemos a ver a esa cosa, se lo contaremos. Te lo prometo.

Después de que Kianna aceptara, metimos nuestros libros en bolsas y los llevamos a la tienda.

La señora Matthews estaba detrás del mostrador.

Aplaudió al vernos:

—¡Dos de mis Chicas Poni favoritas! Les estaba esperando. He oído que van a montar una biblioteca para prestar libros.

Chasqueó la lengua.

—Tal como tía Jane sugirió, les he despejado un par de estantes para ustedes. ¿Han traído los libros?

Señalé con el dedo las bolsas en el suelo.

—Solo hemos traído nuestros libros por ahora. ¡Tres bolsas! Conseguiremos el resto hoy más tarde.

Nos ayudó a vaciar las bolsas.

—¡Vaya! ¿Cómo tienen pensado organizarlos?

—No estoy segura —le dije—. Tal vez por temas.

Cogí *Belleza Negra* y *Misty de Chincoteague*:

—Libros sobre caballos, ciencia, misterios —repasé algunos títulos más—. Libros de historietas y sobre deportes.

—Una fantástica idea —dijo la señora Matthews. Nos alcanzó un portapapeles—. ¿Quieren hacer una lista con todos los títulos? De esa forma, aunque un libro esté prestado, las chicas sabrán que habitualmente está aquí. Podrían regresar a los pocos días para ver si ya han devuelto el libro.

—Eso es un montón de trabajo —dijo Kianna.

—Está bien —le dije—. Yo lo haré. Es una gran idea, señora Matthews.

Sonrió.

—Si me escribes todos los títulos, yo pasaré la lista a máquina. Puedes añadir libros siempre que quieras.

Kianna sonrió.

—¡Tendrá que actualizarla cada vez que reciba un paquete de su casa!

Mientras la señora Matthews atendía a los clientes, Kianna y yo hicimos carteles y los pegamos debajo de cada sección.

Cuando estábamos a punto de terminar, apareció tía Jane con un montón de antiguos números de las revistas *Caballo y jinete* y *Chica jinete*. Así que tuvimos que hacer otro cartel para las revistas.

Diez minutos más tarde, habíamos terminado.

—¡Que comiencen los préstamos! —dije yo.

—Apuesto a que es igual que la biblioteca de Costa Rica —dijo Kianna.

Justo en ese momento tuve otra buena idea. Le pedí prestado el móvil a la señora Matthews y tomé una fotografía de la biblioteca. —Voy a imprimir la foto y se la voy a enviar por carta a la Abuela.

Le pedí a la señora Matthews que me ayudara y fuimos hacia el ordenador.

—Está bloqueado —me dijo—. No puedo salir de esta pantalla. Esha estuvo aquí buscando información sobre Bigfoot. ¿Te imaginas? Qué tontería más grande, ¿verdad?

—Sí, qué tontería más grande —susurró Kianna cruzando los dedos—. De verdad que espero que solo sea una tontería.

Después de terminar de instalar la biblioteca, me fui a mi clase de salto. Layla ya estaba en la arena esperándome.

—Queremos que pruebes un nuevo caballo —me dijo—. Este es Rey Phillip. Es un caballo árabe.

Le rascó la cabeza. Me acerqué hasta él y le di unas palmaditas en la nariz.

—Parece que seré tu reina, Rey Phillip.

—En sus días de gloria, fue un caballo de carreras. Ganó un montón de medallas y cintas —Layla pasó su mano por la pata—. Pero después de que se lesionara su pata, su propietario lo retiró. Pensaban que tendrían que sacrificarle, pero Rey Phillip es un luchador.

—Se supone que hoy tengo que practicar salto —le recordé—. ¿Puede saltar?

—Puede saltar. No tan alto como antes, pero te dará justo lo que necesitas. Últimamente prefiere cabalgar por el campo, pero si aún tiene ganas de saltar, le dejaremos hacerlo.

Me acerqué a él y alisé sus crines.

—Seré amable contigo, Rey Phillip. Me encanta saltar, pero no me gusta saltar muy alto. No como Avery.

Layla le dio de comer un trozo de manzana. Estiró su cuello y emitió un sonido parecido a un suave ronroneo.

—Adora las golosinas. Si le das zanahorias y manzanas con un caramelo de menta dentro, hará cualquier cosa por ti. Es un buen caballo, y obediente.

Con la ayuda de Layla, monté sobre él y después di tres vueltas al paso alrededor de la arena para que calentara.

—Empieza a trotar cuando estés lista —dijo Layla.

Ejerciendo presión en mis piernas, Rey Phillip inició un trote suave.

Layla dijo:

—Concéntrate. Estás dando algunos botes.

Con cuidado, apreté las piernas contra sus costados. Sentí que recuperaba el control.

—Buen chico, Rey Phillip. Suave, suave.

Mantén la concentración, me dije a mí misma.

Di varias vueltas a la arena hasta que supe que tenía el control total. Finalmente, lo volví a llevar al paso. Después, tiré de sus riendas para que se detuviera delante de Layla.

—Has hecho que el trote pareciera fácil, Gabriela. Llevaba un paso suave. ¿Estás lista para intentar unos saltos?

—Lista —grité.

De repente, Rey Phillip enderezó las orejas y las apuntó hacia mí.

—Le he asustado —dije. Me eché hacia delante y recosté mi cuerpo sobre su cuello, y le susurré—: Lo siento, muchacho. No volverá a suceder.

Layla suspiró.

—Sabes que es . . .

— . . . tarea del jinete mantener la calma y la concentración en todo momento —terminé yo—. Lo siento, Layla.

Layla metió la mano en el bolsillo y sacó un caramelo de menta. Rey Phillip se lo comió con entusiasmo.

—Vuelve a intentarlo —dijo Layla—. ¿Lista para saltar?

—Lista —dije en voz baja. Volví a darle palmadas en su cuello—. Solo esperemos que él también esté listo.

—Tía Jane quiere saber qué tal te comunicas con él. Queremos verte tomar el control y generar confianza. ¿Puedes hacerlo?

Asentí y volví a dar una vuelta más a la arena. Pasado un minuto, ya tenía a Rey Phillip a un buen medio galope. Le enderecé a medida que se aproximaba a la primera valla. La saltó con facilidad.

Nos dirigimos directamente hacia la segunda. No era mucho más alta que la primera. La saltó como si hubiera realizado el mismo salto docenas de veces antes.

Le encaminé hacia el tercer salto. En el momento en que me incliné hacia delante y me levanté de la silla, Rey Phillip plegó sus patas y saltó por encima de la valla.

—¡Vaya! —dije—. Muy bien hecho, Rey Phillip. ¡Qué llegada más suave!

—Relájate en la silla, Gabriela —dijo Layla—. Suéltale un poco más las riendas.

Mientras lo giraba para dirigirlo hacia el siguiente salto, vi a Avery y Jaelyn por el rabillo del ojo. Verlas me hizo perder la concentración. Y cuando yo pierdo la mía, Rey Phillip pierde la suya. Justo antes del salto, patinó hasta detenerse. Me abalancé hacia delante y estuve a punto de caerme.

—No puedes perder la concentración de esa forma —dijo Avery.

Avery es una de las mejores saltadoras del país. Tía Jane afirma que un día estará en las Olimpiadas. Probablemente ella nunca jamás pierda la concentración.

—Tus ojos deben estar centrados justo entre las orejas de Rey Phillip siempre que lo estés montando —me dijo Jaelyn.

Layla mostró su acuerdo.

—Tienen razón. En cuanto miras a otra parte, pierdes la concentración y el equilibrio. Y cuando eso sucede, es cuando se producen los accidentes.

Después de realizar unos cuantos saltos más, desmonté.

—Buen trabajo —dijo Jaelyn—. Me recuerdas a la forma de montar de Avery.

—Me gusta montar por diversión —le dije—. Pero gracias.

Avery me chocó los cinco:

—Si empiezas a competir, puede que un día vayamos juntas en el equipo olímpico.

—Enfríalo. Ha tenido una larga mañana —dijo Layla—. Después llévalo de vuelta al establo para asearlo.

Miró a Avery y Jaelyn.

—Chicas, ¿quieren echarle una mano?

—No podemos —le respondió Jaelyn—. Vamos a la Cantina Verde a comprarle a Esha un cepillo de dientes. El suyo se le cayó en el retrete hace tres días. ¡Y desde entonces no se ha cepillado la boca!

Layla levantó su mano y se estremeció.

—Ahórrame los detalles.

Así que mientras ellas marchaban a la tienda, llevé al paso a Rey Phillip alrededor de la arena para que se enfriara. Cuando lo llevé de vuelta al establo, Bree me dejó bañarlo y secarlo. Después lo volvimos a llevar a su compartimento.

—Su compartimento está súperlimpio —dijo Bree—. Acabo de ponerle paja y heno fresco.

Sostenía en la mano algo brillante.

—¿Te puedes creer que alguien tiró aquí dentro basura? ¿No te parece que es de mala educación?

—Esto me resulta familiar —dije—. La forma de estas cosas. Tienen una especie de forma de corazón, ¿no?

Tiró uno a la bolsa de la basura.

—Es uno de esos moldes metálicos para tartas. De los postres del Pabellón. Había cinco de ellos aquí tirados. ¿Quién sería capaz de comerse el postre y arrojar los moldes a la caballeriza de de un caballo?

—Los he visto antes —dije—. Pero, ¿dónde?

—Te lo acabo de decir, en el pabellón —dijo Bree—: es el molde de una tarta.

Saqué uno de la basura.

—Sí, pero mira cómo está doblado y aplastado justo en el centro.

Tuve un momento de iluminación.

—Antes eran moldes para tartas. Pero, ¿sabes lo que son ahora?

—¿El qué? —preguntó Bree—. ¿Basura?

—¡Noooo! ¡Son huellas de Bigfoot!

Ahí es cuando le conté todo a Bree.

—Las huellas de la playa estaban hechas con estos moldes para tarta —le dije—. Ahora lo sé.

Empecé a sacarlos de la basura. Encontré los cinco dedos y los moldes de las garras grandes.

—Mira —dije—. Alguien las colocó en el suelo de esta forma.

Puse un molde grande para tartas hacia abajo y le añadí los cinco moldes más pequeños en la parte de arriba.

—Después, esa persona los presionó en la arena y creó una impresión.

—Alguien le ha tomado el pelo a un montón de gente —dijo Bree—. ¿Quién crees que ha sido?

—¡Esha! —dije—. Cuando usé el ordenador en la Cantina Verde, se había quedado bloqueado en una página de bromas pesadas. ¿Sabes cuál era la broma que aparecía en la pantalla?

—No tengo ni idea —dijo Bree.

—Cómo crear huellas falsas para asustar a tus amigos —le dije—. La huella falsa que aparecía en ese sitio era exactamente igual que esta.

Bree cruzó los brazos.

—No me sorprende nada. A Esha le encanta gastarle bromas a la gente. Pero, asustar a una Pony Girl no está bien. ¿Puedes demostrar que fue ella?

—Puedo demostrarlo si encontramos el disfraz —dije—. ¿Has visto alguna vez un disfraz de gorila por aquí?

Bree negó con la cabeza.

—No que yo recuerde. Tía Jane tiró un montón de disfraces el verano pasado porque se los habían comido las polillas.

De pronto Bree se animó.

—¡Sé quién puede ayudarnos: la señora Matthews! Ha cosido montones de disfraces. Los usamos para nuestras representaciones y espectáculos. Si hay algún disfraz de gorila por aquí, seguro que ella lo sabe.

Cinco minutos más tarde, estaba de vuelta en la Cantina Verde.

—¿Ya vas a añadir más libros a la biblioteca? —preguntó.

—Aún no —le respondí—. ¿Podría ayudarnos a encontrar un disfraz de gorila?

La señora Matthews se dio golpecitos en la barbilla.

—Hmmm . . . tenemos montones de disfraces. Pero ninguno es un disfraz de gorila.

Mi corazón se detuvo.

—¿Está totalmente segura?

—Totalmente segura.

Regresó a su tarea de reponer botellas de agua. De repente, se detuvo:

—Ahora que lo pienso, lo que sí tenemos ahí abajo es un disfraz de oso de aspecto bastante extraño. Es demasiado terrorífico para usarlo en las representaciones.

—¿Hay un sótano aquí debajo? —preguntó Bree—. No lo sabía.

—Claro que lo sabías —dijo la señora Matthews—. Te envié allí abajo la semana pasada a buscar unas botellas de Tinkle Sprinkle.

Bree frunció los labios.

—Esa no fui yo. Nunca antes he estado en el sótano.

La señora Matthews cerró los ojos y golpeteó con los dedos sobre el mostrador.

—¡Ah, qué tonta soy! No fuiste tú. Fue esa chica llamada Esha. Tía Jane la envió a por Tinkle Sprinkle para ustedes.

Entonces la señora Matthews puso las manos en jarras.

—Ahora que lo pienso, terminé bajando las escaleras y cogiéndolo yo misma porque esa chica no hacía más que perder el tiempo por ahí abajo. ¡Estaba tardando una eternidad!

—¿Cuánto rato estuvo allá abajo? —preguntó Bree.

—Puede que una hora. Estuvo todo el rato subiendo a saltos la escalera, miraba esa página de bromas y otra vez de vuelta hacia abajo.

Levanté mis cejas.

—Parece que el misterio está resuelto.

La señora Matthews se puso a limpiar el mostrador.

—Siento no haber podido seros de más ayuda con ese disfraz de gorila.

Sonreí a Bree.

—Nos ha dado toda la información que necesitábamos.

—¿De verdad? Cómo me alegro de haberles ayudado. Si hay algo más que pueda hacer por ustedes, chicas, no tienen más que decírmelo.

—Sí que hay una cosa más que podría hacer —le dije.

—Dime qué es —dijo ella.

—¿Le importaría dejarnos bajar al sótano a echar un vistazo? —pregunté—. ¡Le prometo que no tardaremos una hora!

La señora Matthews cogió una llave de un gancho y la deslizó sobre el mostrador.

—Ningún problema. Espero, chicas, que encuentren lo que anden buscando.

—En realidad —murmuré—, espero que *no* encontremos lo que estamos buscando.

Capítulo 9

Misterio resuelto

Bree y yo estábamos de pie ante la puerta que conducía al sótano.

—Con un poco de suerte, hoy mismo resolveremos el misterio —dije.

Sujeté el pomo de la puerta y lo giré. La puerta chirrió al abrirse. Al entrar, nos encontramos en un rellano. Colgando del techo había una pequeña cadena. Cuando tiré de ella, la luz inundó la escalera.

—Tú primero —le dije—. Este lugar da un poco de miedo.

Bree dudó un segundo. Después, lentamente empezó a bajar los peldaños.

—Me gustaría tener una linterna. Está muy oscuro aquí abajo, ¿verdad?

Cuando llegamos al último peldaño, se encendió una luz automática.

—Después de todo, no hace falta la linterna —dijo ella.

Cuando mis ojos se acostumbraron al entorno, me di cuenta de que el sótano no daba miedo en absoluto.

Había montones de estanterías llenas con todo tipo de productos de limpieza, y filas de cajas de pañuelos y toallitas de papel. Por allí había diseminadas pilas de sillas de montar, bridas, partes de equipos de granja y montones de otras cosas que no reconocí.

—Huele igual que mi sótano —dije—. Y también tiene la misma pinta. ¡Todo lleno de cosas inútiles!

—Y de telarañas —dijo Bree—. Bigfoot no me da ningún miedo. ¿Pero las arañas?

La sacudió un estremecimiento.

—¡Mira todo el Tinkle Sprinkle que hay! —dijo Bree—. Debe haber cien contenedores en esta estantería.

En el suelo, se veían pilas de botellas de agua. En una esquina, había escobas y rastrillos apoyados contra la pared. Había un montón de chalecos salvavidas descoloridos en el suelo; a la mayoría le faltaban una o dos cintas.

—Encontré los disfraces —dijo Bree desde la otra punta de la habitación—. ¡Hay muchísimos! ¿Cómo vamos a encontrar el que buscamos?

—Muy fácil —le dije—. El que queremos no debería estar aquí.

Se rascó la cabeza.

—Me estás confundiendo.

—Sabemos que no hay un disfraz de gorila, es lo que nos ha dicho la señora Matthews. Pero, según ella, debería haber un disfraz de oso.

—Si tengo razón sobre Esha, el disfraz de oso tampoco debería estar aquí. Lo habrá metido debajo de su litera o lo habrá escondido en algún lugar del pajar.

Caminé hacia la pared del fondo y vi docenas de disfraces en fila colgados de perchas. Todos los disfraces tenían su etiqueta. Cogí el primero de la fila.

—A Kianna le encantaría este disfraz de bailarina —dije. Lo acerqué a la luz para verlo más de cerca—. Hay un tutú rosa y púrpura y unos leotardos. Incluso hay una corona con joyas incrustadas.

Me coloqué la corona en la cabeza.

—Las bailarinas no llevan corona, aunque esta te sienta bien —dijo Bree.

—Es verdad —le dije—. Pero solo es un disfraz. La tía Jane probablemente le añadió más cosas para que se vieran más llamativos en las representaciones.

De la siguiente percha, saqué un disfraz con la etiqueta «Artista».

—Jaelyn se lo puso en una representación el año pasado —me contó Bree—. Tiene una preciosa boina azul y rosa a juego con la bata. Creo que la señora Matthews se lo hizo a medida.

Junto al disfraz de artista había un traje de domador. Incluía un sombrero de copa y un látigo. Bree se acercó, cogió el sombrero y se lo puso en la cabeza.

—Señoras y señores, ¡les damos la bienvenida al mayor campamento de verano del mundo! —hizo una reverencia—. Puede que un día le pida prestado este disfraz.

Seguimos rebuscando entre los disfraces. Había uno de animadora, de jugador de fútbol, de mago, de vaquera, de gato e incluso uno de pastelito con virutas de colores.

—En esta pared hay más—dijo Bree—. Un payaso y algunos animales más.

Entonces, al final del todo, encontramos una percha vacía. La etiqueta sobre la percha decía «Oso».

—Aquí es donde *no está* —dije—. Aquí es donde debería estar el disfraz de oso. Pero ha desaparecido.

—¿Estás segura de que Esha lo tiene? —preguntó Bree.

—¡Sip! Porque sé que Bigfoot no existe, así que tiene que ser un disfraz. Y mira en el suelo, hay cáscaras de pipas detrás de esa caja. Las pipas de Esha.

Me rasqué la cabeza.

—Creo que vi cáscaras de pipas cerca de las huellas en la playa. Pero Esha dijo que solo eran piedrecitas.

Bree se agachó y recogió unas tijeras.

—Aquí hay también unas tijeras. Y tienen algo de pelo enganchado. Es del mismo color naranja rojizo que vimos en el establo de Sunburst aquel día.

Levanté mi puño al aire.

—La broma ha terminado. ¡Lo hemos conseguido! ¡Hemos resuelto el misterio de Bigfoot!

—Tú lo has hecho, Gabriela —dijo Bree—. Tú has resuelto el misterio.

Sentí un gruñido en mi estómago.

—Resolver misterios me ha dado hambre. Tanta hambre, que me podría comer...

—¿Un Bigfoot? —preguntó Bree.

Asentí con la cabeza.

—¡Al menos ya no se comerá a una de las Pony Girls!

Capítulo 10

No más bromas

Mientras caminábamos hacia el lago para contarle a Kianna las buenas noticias, vimos a un grupo de chicas cerca de la playa.

—¿Qué está mirando todo el mundo? —pregunté.

—Hay algo subido a aquel árbol —dijo Avery—. Parece un gorila, o puede que un oso. ¿Llamamos a la tía Jane?

—Podría ser Bigfoot —dijo Carly.

Kianna dio un paso atrás.

—Bigfoot no está subido a ese árbol, Kianna —le dije—. Te lo prometo.

Ella gimió:

—*Es* Bigfoot, ¡mira cuánto pelo tiene!

El monstruo rugió. Las chicas gritaron y salieron corriendo.

Les hice señas para que volvieran.

—¡Vuelvan! ¿Acaso Bigfoot calza unas zapatillas de deporte de color naranja brillante y come pipas?

Jaelyn echó un vistazo y entornó los ojos.

—Pues este sí, ¿qué está pasando?

Justo en ese momento, la criatura escondió los pies bajo su cuerpo.

—Demasiado tarde —le dije—. Ya hemos visto tus zapatillas naranjas, Esha.

Kianna parecía confundida.

—¿Esha?

—La broma ha terminado —dije—. Baja a menos que quieras que vayamos a por la tía Jane.

Esha se deslizó hacia abajo por el tronco. Cuando llegó al suelo, le quité la máscara.

Kianna se quedó boquiabierta.

—¿Tú eres Bigfoot?

Esha saludó con la mano.

—Sip. Yo soy Bigfoot. ¿Cómo lo descubriste, Gabriela?

—No estuve segura al cien por cien hasta hace unos minutos en la Cantina Verde. La señora Matthews nos dijo que había un disfraz terrorífico de oso, que resultó que no estaba en su percha. Y, ¿adivina qué había justo debajo de esa percha vacía?

Esha se encogió de hombros.

—Cáscaras de pipas —le dije—. De *tus* pipas. Bree y yo también vimos unas tijeras que tenían algo de pelo enganchado. Exactamente el mismo tipo de pelo que encontramos en el establo de Sunburst. Entonces, recordé las huellas en la arena. También había cáscaras de pipas junto a ellas.

—Hay más chicas que comen pipas —dijo Esha.

—Sí, pero a ti te gusta gastar bromas a la gente. Tenía la intuición de que esta era otra de tus bromas. Y entonces volví a pensar en la fogata en la playa. Tú eras la única persona que no recordaba haber visto aquella noche. Y entonces nos dijiste que no le contáramos nada a tía Jane sobre Bigfoot. Tenía que haberme dado cuenta en ese momento. Tú sabías que ella te habría dicho que no le gastaras bromas a las Pony Girls.

Entonces me acordé de todas las demás pistas.

—*Bigfoot en el parque* estaba mojado cuando me lo devolviste. Me dijiste que se te había caído en el lavabo mientras te cepillabas los dientes. Pero ahora sé que tú no te cepillaste los dientes aquel día.

Esha miró con furia a Jaelyn y Avery.

—Chivatas.

Entonces confesó:

—Se mojó en el barco cuando regresaba del otro lado del lago.

—No te olvides de la señora Matthews —dijo Bree—. Ella nos contó que estuviste buscando información sobre Bigfoot en el ordenador. Debería haberlo adivinado antes.

—Y entonces Bree me enseñó los moldes de tartas que escondiste en el establo. Los usaste para crear las huellas, ¿a que sí? —pregunté.

—Lo que hiciste fue cruel —le dijo Kianna.

—Lo siento —dijo Esha—. Sólo quería que fuera algo divertido. ¿Estás enfadada?

Kianna enrolló un mechón de pelo en torno a su dedo.

—No. Solo me alegro de que Bigfoot no quiera comerme a mí o a alguna de las Pony Girls.

Todas nos echamos a reír.

Y de repente, Esha se detuvo. Su cara volvió a ponerse muy seria. —Bigfoot no existe, pero mi madre me habló de otro monstruo. Y este sí que es cien por cien real.

—¿Real, real? —dijo Kianna.

Esha asintió con la cabeza.

—Sí, y es mucho peor que Bigfoot —se inclinó hacia nosotras—. Os hablaría de él, pero mi madre me dijo que no le contara esta historia a nadie. Ya sabes, por lo del lago y todo eso.

Fingió cerrar sus labios con un candado y tirar la llave.

Todas le rogamos que nos la contara.

—Lo siento —dijo—. Tía Jane se enfadaría mucho si se enterara de que voy contando esta historia real a las campistas.

Kianna no paraba de moverse.

—No se lo diremos, ¡te lo prometo!

Esha apuntó hacia el lago.

—De acuerdo, hay un monstruo en el lago, se llama el Monstruo del Lago Ness. Algunas personas lo llaman Nessie. Y sale a la superficie a comer una vez cada cien años. Y sucede que justo este año se cumplen los cien años.

Esha puso el brazo sobre el hombro de Kianna.

—¿Sabes lo que come Nessie?

Kianna asintió con la cabeza:

—¿Campistas de doce años de los Establos Storm Cliff?

Todas se rieron.

—Ya no puedes volver a engañarnos, Esha —le dije—. Además, he oído hablar del Monstruo del Lago Ness. Está en un lago, pero en *Escocia*.

—¿He dicho un monstruo en un lago? —preguntó Esha—. Quería decir un monstruo de las nieves. Sí, eso es, ¿han oído hablar del abominable hombre de las nieves?

—¿Aquí en Storm Cliff? ¿A más de 32 grados de temperatura? —le dije—. Anda, inténtalo de nuevo.

Todas volvimos a soltar una carcajada.

Excepto Esha.

Se puso de nuevo la máscara y soltó un rugido.